INSTITUT DE FRANCE

ACADÉMIE FRANÇAISE

INAUGURATION DU MONUMENT

DE

FERDINAND DE LESSEPS

A PORT-SAÏD

Le 17 novembre 1899

DISCOURS

DE

M. LE VICOMTE DE VOGÜÉ

MEMBRE DE L'INSTITUT

AU NOM DE L'ACADÉMIE FRANÇAISE ET DE L'ACADÉMIE DES SCIENCES

PARIS

TYPOGRAPHIE DE FIRMIN-DIDOT ET Cie

IMPRIMEURS DE L'INSTITUT DE FRANCE, RUE JACOB, 56

M DCCC XCIX

INSTITUT
1899. — 34.

INSTITUT DE FRANCE

ACADÉMIE FRANÇAISE

INAUGURATION DU MONUMENT

DE

FERDINAND DE LESSEPS

A PORT-SAÏD

Le 17 novembre 1899

DISCOURS

DE

M. LE VICOMTE DE VOGÜÉ

MEMBRE DE L'INSTITUT

AU NOM DE L'ACADÉMIE FRANÇAISE ET DE L'ACADÉMIE DES SCIENCES

Monseigneur (1),
Mesdames, Messieurs,

Vous êtes venus, sur ces mers rassemblées, honorer l'homme qui leur commanda de servir son rêve, et qui fut obéi par les mers. J'ai charge de lui apporter le salut fraternel de la grande famille qui le réclame à un double titre :

(1) S. A. le Khédive.

l'Institut de France. Au nom de l'Académie française, au nom de l'Académie des Sciences, je viens commémorer notre illustre confrère devant la statue qui le figure, dans le lieu où Ferdinand de Lesseps est présent, tout entier, pour les siècles. Son corps périt ailleurs; son âme vit ici, sur le chantier de travail que sa pensée ne quitta jamais, sur le Canal où cette pensée obstinée s'est faite œuvre vivante.

Pourquoi donc était-il dans nos compagnies de savants et d'écrivains, ce confrère actif qui ne se piquait ni de science, — parce qu'il devinait ce que la science étudie, — ni de littérature, parce qu'il écrivait sur son grand livre, la planète? Ferdinand de Lesseps, *entrepreneur :* ainsi le qualifient les actes commerciaux où son nom est mentionné. Réfléchissons, Messieurs, au sens premier et à la beauté intérieure de ce mot: pris à une certaine hauteur, il définit la profession de tous les génies hors cadres qui ont conçu, osé, réalisé une entreprise extraordinaire; il désigne à nos suffrages tous les poètes de la pensée ou de l'action, quel que soit leur outil, qui modelèrent le monde sur la forme de leur rêve. Lesseps était des nôtres au même titre qu'un autre confrère, un autre entrepreneur, qui le précéda sur cette terre d'Égypte où il donna à l'Institut de France des lettres de grande naturalisation; celui-là s'appelait Napoléon Bonaparte. Lesseps a ramassé une des idées de Bonaparte; et de la graine jetée au vent du désert par ce génie prodigue, il a fait germer et croître la forêt de mâts qui relie l'Orient à l'Occident.

Vous savez tous, — on vous le rappelait tout à l'heure, — comment le mirage des mers réunies a plané sur ce désert pendant des milliers d'années, depuis l'aube des temps historiques ; chimère toujours tentatrice, toujours irréalisable pour les grands esprits, pour les maîtres puissants qui la caressèrent un instant et ne surent pas la féconder. Il semble qu'avant de faire sur l'œuvre du Créateur cette retouche essentielle, l'esprit humain ait dû procéder comme la nature dans ses formations géologiques : une gestation séculaire, une lente accumulation de petits efforts prépare tous les changements durables dans la structure de notre globe. Laissez-moi croire, dans l'ordre spirituel comme dans l'ordre cosmique, à cette force de la tradition, à ce lien d'aide mutuelle entre les générations, qui fait qu'un désir ancien de l'humanité, longtemps inefficace, aboutit enfin et se réalise après qu'il a mûri dans beaucoup de cœurs. Désirs des vieux Pharaons, des conquérants romains, des Khalifes arabes, du conquérant français et de ses savants confrères, désirs de Sésostris et d'Alexandre, de César et de Bonaparte, il n'a pas fallu moins que toutes ces velléités pour forger enfin la volonté que nous avons vue vivre et vaincre dans la personne de Ferdinand de Lesseps.

Une volonté ! C'était tout l'homme. On a tout dit de lui quand on a prononcé ce mot. Concentré sur une idée juste, ce vouloir exclusif et passionné l'a conçue, portée, nourrie, défendue et développée à toutes les périodes de la croissance, comme fait la mère pour le fruit de ses entrailles. Qu'était-ce que les travaux du fabuleux Hercule, en comparaison des difficultés dont Lesseps a triomphé ? Elles étaient innombrables, elles paraissaient invincibles. M. Charles-Roux vient de les rappeler dans quelques pages émouvantes; mais nul récit n'en peut donner idée à ceux qui n'ont pas suivi de près la genèse et la pénible enfance du Canal. Résistances de la matière, résistances pires de l'ignorance et des préjugés, appuyés sur une science trompeuse ; panique des capitaux timides, ligues des intérêts contraires; force d'inertie des uns, oppositions violentes des autres, rien ne fut épargné à Lesseps.

Il allait quand même, il écartait les mauvais desseins des hommes comme il déblayait les sables de ses tranchées. Les difficultés revenaient, le khamsin ramenait les sables; il ne se troublait pas, il creusait plus avant, tel ce Néhémias qui rebâtissait son temple la truelle dans une main, le bouclier sur l'autre.

Elle apparut vraiment grande, la volonté individuelle, isolée, quand elle sortit victorieuse du combat contre cette volonté faite peuple, l'Angleterre. On peut le proclamer aujourd'hui, car c'est rendre un équitable hommage à l'Angleterre : il semble que le caractère d'un homme ne reçoive la dernière trempe et la consécration suprême qu'après qu'il s'est mesuré avec les modernes héritiers de la volonté romaine. Lesseps a triomphé d'eux comme il faut toujours triompher, en ouvrant les yeux de ses adversaires sur leurs véritables intérêts. A force de courage et de raison, il a réduit et séduit cette énergie de la nature qui s'appelle dans l'histoire la nation anglaise. Si précieux que soient les services matériels dont la civilisation est redevable à notre glorieux ami, il mérite mieux encore la reconnaissance du penseur et du moraliste, Messieurs, parce qu'il a donné l'exemple salutaire, nécessaire entre tous, l'exemple d'une volonté ferme toujours appliquée sur le même objet. Nul n'a mieux justifié la définition de Buffon : le génie, c'est la patience.

Souffrez que je fasse ici une amende honorable. Il y a un quart de siècle, un dîner hebdomadaire réunissait chaque dimanche quelques Français du Caire dans le beau jardin de l'Ezbékieh. Des esprits distingués se rencontraient là, des explorateurs qui venaient de fouiller l'Afrique, des diplomates, des artistes éminents comme Paul Baudry, des savants respectueusement groupés autour du bon maître, de ce Mariette-Bey dont la parole ardente évoquait les dieux et les hommes de la première histoire. On causait, on échangeait des aperçus sur toutes choses... Pardonnez-moi de m'attarder avec ces ombres : je les aimais ; toutes ont fui, déjà... Quand Lesseps était des nôtres, il prenait peu de part à l'entretien ; il paraissait absent, indifférent aux questions, aux livres qui nous intéressaient ; mais dès qu'un mot lui en fournissait l'occasion, il faisait dévier la conversation sur le Canal de Suez : problèmes africains, histoire de la primitive Égypte, politique européenne, mouvement général des idées et des affaires dans l'univers, il ramenait tout à sa pensée tyrannique. Ce n'était point faiblesse sénile : jamais l'étonnant vieillard n'avait été plus jeune. Un soir, en sortant de la réunion, quelques étourdis, — ils commençaient de vivre, et c'était leur excuse, — hasardèrent ces propos que j'ose répéter : « Quel homme étrange, ce grand Lesseps ! Quelles lacunes dans son intelligence ! »

Depuis lors, un quart de siècle a passé. J'ai réfléchi, j'ai vu la vie, et combien elle est pauvre quand elle n'est riche que d'intelligence, si l'on entend par là cette curiosité subtile et dispersée qui jouit de tout comprendre, qui bourdonne dans le vide, impuissante à créer. Que de fois j'ai rougi de notre jugement téméraire, en rendant justice à l'homme qui m'avait montré la forme rare et supérieure de l'intelligence, celle que rien ne distrait de son opération créatrice !

Cette volonté infrangible n'était ni dure ni brutale ; elle savait se faire souple, insinuante, pêcheuse d'hommes. Et les hommes la suivaient comme un aimant ; comme ils suivent toujours les optimistes, les grands marchands d'espoir. Vous vous rappelez la fine réponse de Gœthe à Eckermann, qui lui demandait par quel pouvoir secret Napoléon s'attachait tant de dévouements : « Il donnait, dit le poète, il donnait à tous les hommes la conviction qu'il les conduisait au but particulier que chacun d'eux s'était assigné. » — Ce fut aussi le secret des réussites de Lesseps dans son apostolat. Avec ses amis, ses proches, ses enfants, ce grand volontaire était bon jusqu'à la faiblesse. Parmi ses nombreux intimes, — les intimes de Lesseps, c'était le quart, peut-être le tiers des habitants du globe, — qui ne se souvient du modeste appartement de la rue Saint-Florentin, et de la cheminée légendaire où il nous montrait, après dîner, avec tant d'aimable bonhomie, la joyeuse rangée de petits souliers au-dessus des berceaux? Les petits souliers se sont élargis : ils foulent aujourd'hui les berges du canal. Les enfants qui dormaient dans les berceaux m'écoutent parler du père aimé, avec le regret de ne plus le trouver dans son chalet d'Ismaïliah, avec l'orgueil de voir son image dressée dans la gloire. Ils vous diront que ce rude briseur d'obstacles ne froissa jamais un de leurs petits cœurs. Je veux oublier le léger désagrément dont il fut responsable ; on m'a conté, — ce doit être une calomnie, — qu'un jour, à l'examen de géographie, une de ces enfants répondit fort mal ; on la reprenait, elle s'écria : « Comment voulez-vous que je sache votre géographie? Papa l'a toute changée ! »

Si exceptionnel que fût ce génie, il eût peut-être échoué, sans la désignation providentielle qui le fit apparaître dans le lieu et dans le temps où il trouvait son emploi naturel.

Il était adapté au lieu. L'Orient, terre des miracles et piédestal des immenses destins, l'Orient où les grandes choses semblent plus faciles et plus prestigieuses ; l'Égypte, qui enseigne à chaque pas les œuvres colossales faites pour l'éternité, c'était bien le théâtre prédestiné à l'imagination prophétique, à l'action intrépide et somptueuse d'un Lesseps. On peut dire qu'il avait l'Égypte dans le sang, puisque son père y avait vécu ; lui-même, il y forma de bonne heure sa jeune pensée, il y mûrit un de ces desseins dont l'esprit s'effraierait partout ailleurs qu'au pied des Pyramides. Bossuet a deviné l'ancienne Égypte dans une phrase exacte et forte du *Discours sur l'Histoire universelle* : « La température toujours uniforme du pays y faisait les esprits solides et constants. » Lesseps respira cette constance dans l'air de la vallée du Nil.

Par bien des côtés, c'était un homme de la Bible, un contemporain des Patriarches. Cette parenté nous frappait, quand il nous expliquait les antiques traditions par des exemples empruntés à ses propres aventures. A l'entendre, tout devenait clair et facile dans les prodiges que rapporte l'Écriture : il avait recueilli la manne et fait jaillir l'eau du rocher; le pouvoir de Joseph, il l'avait conquis chez un nouveau Pharaon; les ruses de Samson, il s'en était servi; les Bédouins de la horde de David, il les domptait et les attachait à sa fortune comme le fils d'Isaï.

Il avait de l'Oriental l'endurance physique, la sobriété de vie, l'audace tranquille, les vues simples et intuitives, le fatalisme et les superstitions, la foi aveugle dans l'assistance supérieure qui ne manque jamais aux vaillants. Il tenait aux pasteurs du désert par son humeur nomade, par le sens des grandes migrations, des courants qui les déterminent et des travaux qui les facilitent. Aux objections peureuses des statisticiens et des armateurs, il répondait sérieusement en dressant le bilan des échanges entre le roi Salomon, le sultan d'Ophir et la reine de Saba. Je crois bien que rien ne l'étonnait ni ne lui déplaisait dans la vie surabondante du roi Salomon!

Battu du vent contraire et près de sombrer en Europe, il retrouvait des forces neuves en touchant sa terre de prédilection. A chevaucher près de lui sur cette terre, on avait le sentiment qu'il ne pouvait être malheureux qu'ailleurs. Hélas! que n'eût-il lui-même ce sentiment! La prédestination s'accuse jusque dans cette gigantesque effigie ; la place en était marquée sur le sol égyptien, et là seulement. Un jour, dans le recul des siècles, quelque savant brouillera les époques et la confondra avec les statues des Hycsos ou des rois thébains; il dira à ses élèves : « C'était un des souverains de cette race et de ce pays. » — Jamais, peut-être, l'archéologue ne sera tombé si juste!

Par une contradiction heureuse et singulière, ce revenant des jours bibliques se trouva merveilleusement approprié aux besoins de notre temps. Il y a des génies qui viennent trop tôt ou trop tard, et périssent inutiles par ce défaut de concordance avec le siècle. Les uns, prophètes mal écoutés, devancent douloureusement leur époque et n'auront d'audience que dans les âges à venir. D'autres, attardés dans le passé, offrent vainement à leurs contemporains des forces admirables, qui n'ont plus d'emploi dans le présent. Lesseps fut par excellence l'homme représentatif et le serviteur nécessaire de notre XIXe siècle. Le caractère essentiel et le grand titre d'honneur de ce siècle, nous les apercevons clairement à l'heure où il s'achève : c'est le rapprochement de toutes les parties du globe par les découvertes et les applications pratiques de la science ; c'est la fusion des peuples et des intérêts, leur compénétration mutuelle par les courants économiques ; c'est la victoire des hommes réunis sur la nature, l'obstacle, l'espace.

Lesseps eut l'intuition de ces métamorphoses à l'heure où une divination du génie pouvait seule les pressentir ; il en fut le principal promoteur et le plus efficace artisan. Son œuvre est si bien liée au mouvement général du siècle, elle apparaît avec une telle évidence à la fois cause et effet de ce mouvement, que l'historien ne conçoit pas le XIXe siècle sans l'esprit de Lesseps, ou l'esprit de Lesseps hors du XIXe siècle. Il y eut vraiment une intention mystérieuse dans le décret divin qui fit naître cet homme à l'aurore, qui le conduisit presque au déclin de la période qu'il symbolise. Il a disparu, le siècle va mourir : ne pensez-vous pas, Messieurs, que ces coïncidences nous invitent à envelopper le siècle et son homme dans le même jugement?

C'était l'usage ancien dans ce pays d'Égypte, vous le savez, de soumettre au libre jugement des peuples le règne et le roi qui venaient de descendre, comme dit le Rituel d'Osiris, dans l'ombre de la Vallée de la Mort.

Il fut grand et inégal, ce siècle d'où nous sortons. Il donna aux hommes des espérances infinies et n'en réalisa qu'une part. Il acquit des forces magnifiques, il n'en voulut pas connaître la limite. Courageux jusqu'à la témérité, il aborda plus de problèmes qu'il n'en pouvait résoudre. Et sur le tard, ployant sous la fatigue de trop d'entreprises, il languit, incertain, accablé : un voile noir semble parfois s'épaissir sur les âmes de ses fils. Les cœurs chagrins oublient les œuvres qu'il édifia sur tant de ruines; les cœurs meurtris l'accusent d'avoir détruit leurs paisibles asiles, alors que son ambition présomptueuse n'avait pas le pouvoir de leur en assurer de nouveaux.

Est-ce du siècle que je parle, est-ce de Lesseps? Je ne sais : nous avons vu qu'ils se confondaient si étroitement !

Plus tard, d'une vue plus calme et plus lointaine, on regardera notre siècle avec plus d'indulgence. On appréciera mieux son immense labeur, cette communication de lumières et de services établie entre tous les hommes, les barrières naturelles aplanies et les abîmes de l'ignorance comblés, le souci de grouper et de protéger les faibles, d'élever leur humble vie en y mettant plus de bien-être, de douceur et de dignité.

Ici, je sais que je parle pour le siècle et pour Lesseps. Il a toujours obéi à cette impulsion généreuse et désintéressée : activer la circulation, et, si je puis dire, mettre le monde plus à l'aise; réunir les hommes, se donner à eux en les emmenant à sa suite, dans une expansion effrénée où cet esprit ivre de mouvement croyait voir le dernier mot du progrès. Au plus fort de ses premières luttes, en 1855, il écrivait dans une belle lettre à un de ses amis : « Je veux faire une grande chose, sans arrière-pensée, sans intérêt personnel d'argent. C'est ce qui fait que Dieu m'a permis jusqu'à présent de voir clair et d'éviter les écueils; je serai inébranlable dans cette voie. » — Par la suite et dans toutes ses entreprises, heureuses ou malheureuses, il demeura fidèle au même idéal, avec la même sincérité. Nul ne me démentira, parmi ceux qui l'ont suivi de près, qui ont bien vu et bien connu ce grand instinctif. C'est la loi du désert que les bandes de chacals y maraudent toujours derrière le lion en marche. Vigoureux et jeune encore, à un âge où les autres sont vieux, Lesseps avait tenu en échec ces rapaces : l'inévitable défaillance des forces vint enfin le surprendre dans un rêve tardif; il ne la sentit pas, ce fut son seul tort. Il l'a payé cher, nous avons vu le lion dépecé par les chacals. Mais jusqu'au bout, ce rêve était le même, « sans arrière-pensée », comme il le disait, et résumé dans sa devise que nous avons gravée sur ce socle : *Aperire terram gentibus*.

Oui, si jamais le premier rayon du soleil d'Égypte doit tirer de cette statue les paroles qu'il arrachait, disent les anciens, au colosse de Memnon, les navigateurs ne recueilleront de l'oracle que ces mots : « Ouverture toujours plus large de toute la terre à toutes les nations! Rivalité féconde dans le travail ! Paix aux hommes de toute race dans leurs œuvres pacifiques ! » Le siècle futur, n'en faisons pas doute, reconnaîtra dans ce langage ce qui fut toute l'âme, toute la passion et toute l'action de Lesseps; et il achèvera de lever respectueusement, comme nous venons de le faire, le voile de deuil qui cacha quelques instants, avant le matin de la pleine gloire, ce front d'airain attristé naguère, rasséréné aujourd'hui par la splendeur croissante de son bienfait.

Séparons-nous, Messieurs, sur un autre acte de foi. L'humanité peut hésiter un moment devant les tâches rationnelles et nécessaires: armée du pouvoir souverain que la science lui a conféré, elle ne balancera pas longtemps à les accomplir. Le jour est prochain, peut-être, le jour viendra certainement où un navire passera au pied de cette vigie anxieuse, qui l'attend : il aura fait le tour abrégé du monde en franchissant, dans les deux hémisphères, les deux canaux inter-océaniques. Ah ! que le Dieu juste l'amène vite, le vaisseau consolateur qui cicatrisera l'ancienne blessure, le messager de la revanche qui apportera cette complète réparation ! Laissez-moi faire un dernier souhait : puisse-t-il porter les couleurs de France, ce navire annonciateur de la bonne nouvelle ! Elle sera plus douce au vieil ami, quand les hourras unanimes de l'équipage le salueront, dans la langue maternelle, d'un nom deux fois mérité : du nom que notre peuple donnait à Lesseps durant toute ma jeunesse, de ce nom que je n'ai pas su désapprendre et que l'univers ne désapprendra pas : le grand Français!

Paris. — Typographie de Firmin-Didot et Cie, impr. de l'Institut, rue Jacob, 56. — 38654.

www.ingramcontent.com/pod-product-compliance
Lightning Source LLC
LaVergne TN
LVHW050518160826
845677LV00003B/1203
9782329622392